プーさんの鼻のララバイ

俵万智
新井満

共同通信社

p8-9 ©Garry Black/Masterfile/amanaimages
p10-11 ©Shiroh Yabe/NEOVISION/amanaimages
p12-13 ©AKIRA UCHIYAMA/A.collection/amanaimages
p14-15 ©Frans Lanting/amanaimages
p16-17 ©CYRIL RUOSO/JH EDITORIAL/MINDEN PICTURES/amanaimages
p18-19 ©Gavriel Jecan/CORBIS/amanaimages
p20-21 ©KATHERINE FENG/GLOBIO/MINDEN PICTURES/amanaimages
p22-23 ©orion/amanaimages
p24-25 ©Michael Poliza/gettyimages
p26-27 ©Chris Warren/Grand Tour/Corbis/amanaimages
p28-29 ©TOSHIAKI IDA / SEBUN PHOTO/amanaimages
p30-31 ©Renaud Visage/gettyimages
p32-33 ©SUZI ESZTERHAS/MINDEN PICTURES/amanaimages
p34-35 ©F. Lukasseck/Masterfile/amanaimages
p36-37 ©TAKASHI KATAHIRA/A.collection/amanaimages

装丁　坂川栄治＋田中久子（坂川事務所）

プープー
プープー

プープー
プー

舟《ふね》になろう

舟《ふね》になろう

いや　波《なみ》になろう
海《うみ》になろう

腕《うで》にこの子《こ》を
揺《ゆ》らし

揺《ゆ》らし　眠《ねむ》らし
眠《ねむ》らし

耳《みみ》の穴

耳《みみ》の穴

こしょこしょ指《ゆび》で

掻《か》いてやる

猿《さる》の母《かあ》さんの
ような
ような気《き》持《も》ちで
気《き》持《も》ちで

バンザイの姿《し》勢《せい》で

眠《ねむ》りいる

吾《あ》子《こ》よ
そらだバンザイ

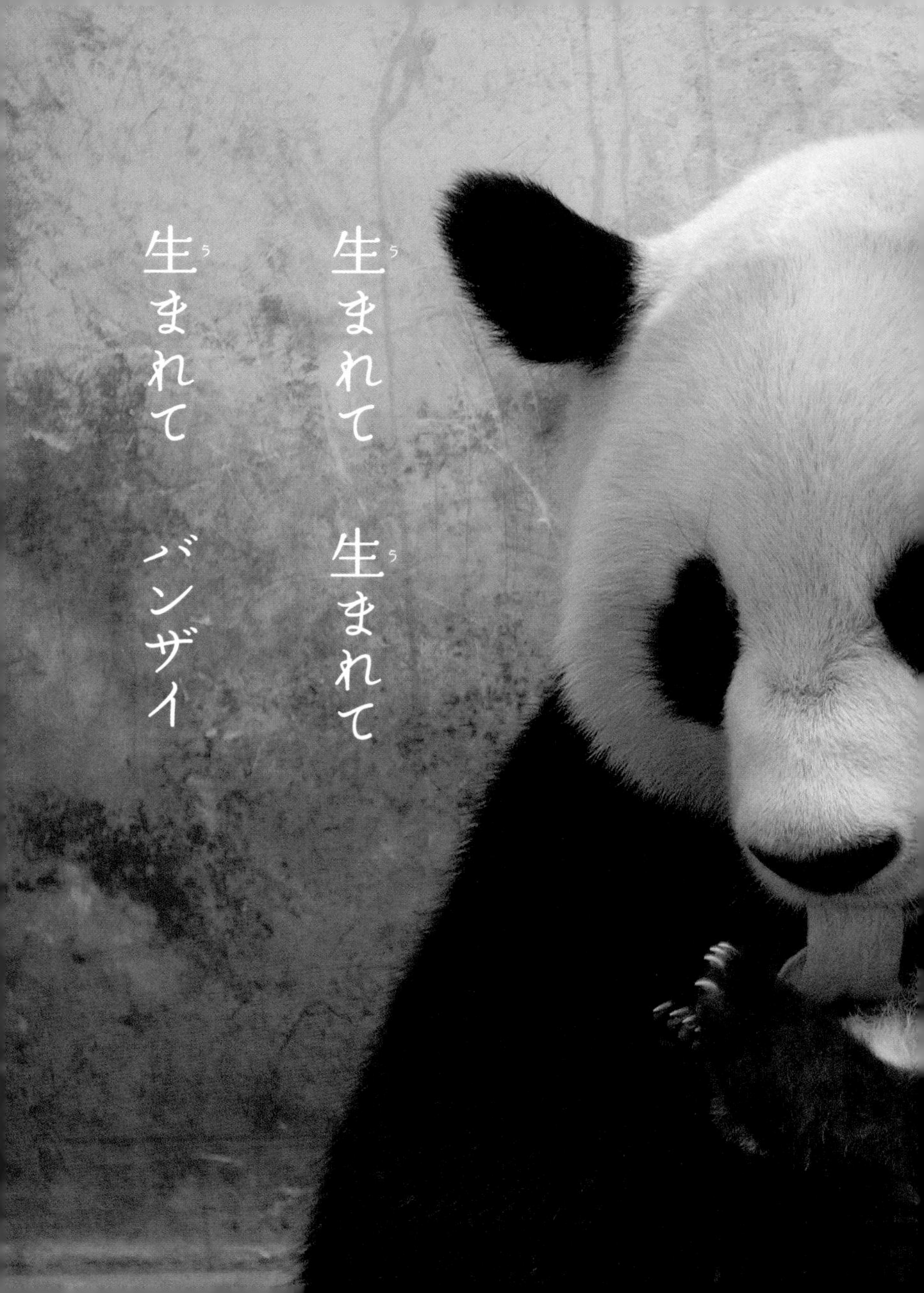

生《う》まれて　生《う》まれて
生《う》まれて　バンザイ

生《い》きるとは

生《い》きるとは

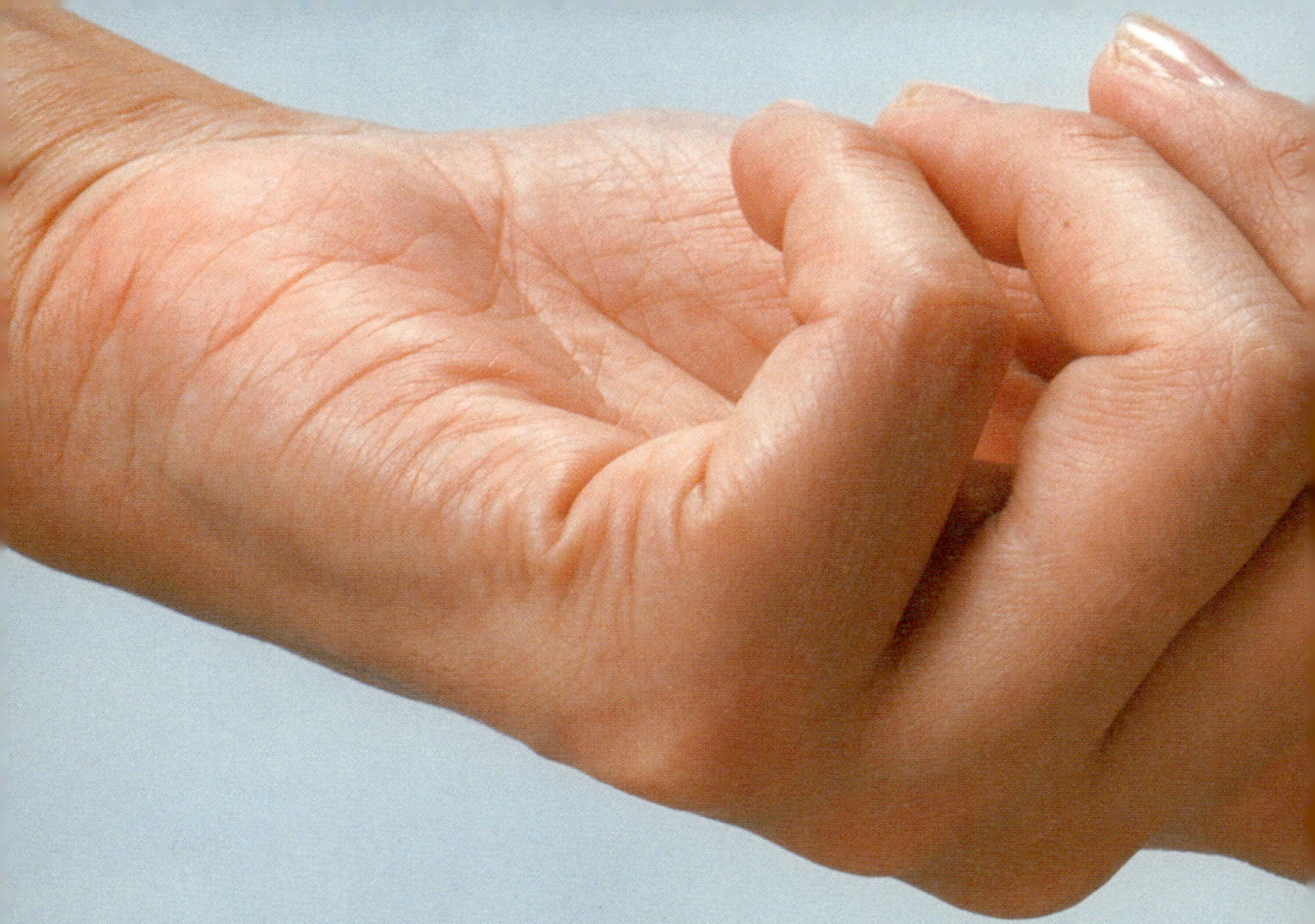

手《て》をのばすこと
幼子《おさなご》の

指《ゆび》が
プーさんの鼻《はな》を

鼻《はな》をつかめり
つかめり

プープー
プープー

プープー
プー

バンザイの姿《し》勢《せい》で

眠《ねむ》りいる

吾《あ》子《こ》よ
そらだバンザイ

生《う》まれて　生《う》まれて

生《う》まれて　バンザイ

舟《ふね》になろう
舟《ふね》になろう

いや　波《なみ》になろう
海《うみ》になろう

腕《うで》にこの子《こ》を
揺《ゆ》らし

揺《ゆ》らし　眠《ねむ》らし
眠《ねむ》らし

プープー
プープー

プープー
プー
プー

C
Em Dm F C
きるとは いきるとはて
ねになろう ふねになろう (いや) な
Em Dm F G7 C
をのばすこと おさなーごの
みーにーなろう うみにーなろう
Dm Em Dm Em Dm G7
ゆびがプーさんの はーなを はなをつかめ りつかめ
うでにこのこ をゆらし ゆらしねむらし ねむら
C Em Dm
り (プ 〜)
し
F C Em Dm
To Coda
F G7 C F G7 C
D.S. rit.

プーさんの鼻のララバイ

詩：俵万智　曲：新井満

プーさんの鼻のララバイ

詩／俵万智　曲／新井満

プープー　プープー
プープー　プー――

①
舟になろう　舟になろう
いや波になろう　海になろう
腕にこの子を揺らし
揺らし　眠らし　眠らし

②
耳の穴　耳の穴
こしょこしょ指で掻いてやる
猿の母さんのような
ような気持ちで　気持ちで

③
バンザイの姿勢で　眠りいる
吾子よ　そうだバンザイ
生まれて　生まれて
生まれて　バンザイ

④

生きるとは　生きるとは
手をのばすこと　幼子の
指が　プーさんの鼻を
鼻をつかめり　つかめり

プープー　プープー
プープー　プーーー

⑤

バンザイの姿勢で　眠りいる
吾子よ　そうだバンザイ
生まれて　生まれて
生まれて　バンザイ

---

⑥

舟になろう　舟になろう
いや波になろう　海になろう
腕にこの子を揺らし
揺らし　眠らし　眠らし

プープー　プープー
プープー　プーーー
プーーー

千の風　万智の歌

芥川賞作家の新井満さんが訳詞、作曲、歌唱した「千の風になって」が大ヒット。百人近くの歌手がカバーして歌い、テノール歌手の秋川雅史さんが歌ったCDは百万枚以上のベストセラー。この曲で新井満さんは二〇〇七年の日本レコード大賞作曲賞を受賞した。人のいのちの在り方を変え、社会現象となっている「千の風になって」をめぐり、歌人の俵万智さんと新井満さんが対談。この対談の中で新井満さんの新曲「プーさんの鼻のラバイ」が誕生した。俵万智さんの短歌を歌詞にした二十一世紀の子守歌だ。

いのちの在り方変えた歌

俵万智　レコード大賞作曲賞、おめでとうございます。
新井満　ありがとうございます。
俵　すごいなあ。プロが認めた作曲家。また肩書が増えましたね。
新井　今日は小説家ではなく作曲家として、新しい歌を俵さんにプレゼントしましょう。
俵　レコード大賞作曲賞の作曲家の新曲と歌ですか。それもすごいなあ。わたしも「千の風になって」を歌い込んだ短歌を作ってきました。
新井　これはうれしい。
俵　用意してきた短歌は「いのちの歌」というタイトルです。まずそれを紹介しちゃいますね。

バンザイの姿勢で眠りいる吾子《あこ》よ　そうだバンザイ生まれてバンザイ

青空へ吸い込まれゆく風船を千の風だと子が追いかける

お墓なんていらないわよと言いながら孫の靴下たためり母は

ＣＤなど買ったことなき八十《はちじゅう》歳の父がひねもす聴く千の風

散るという飛翔のかたち花びらはふと微笑《ほほえ》んで枝を離れる

いのちとは心が感じるものだからいつでも会えるあなたに会える

この六首です。一首目と五首目は既に歌集に入っているものですが、ほかの四首は新作です。

新井　待ってました。

もう普通名詞

俵　「千の風になって」は父が特に大好き。〝すり切れるほど〟ＣＤを聴いています。もともと父も母もお墓はいらないという考えの持ち主なんです。だから「私のお墓の前で　泣かないでください　そこに私はいません」に、まるで鬼の首をとったみたいに「ほらみろ」と言うんですよ。

新井　一般の人からの感想でも一番多いのは「以前から私も同じことを考えていました」というものですね。確かに。

俵　四歳の息子がもらった風船を手放してしまって、がっかりしていたんです。わたしも空に上っていく風船を見て〝風の船〟だしなあと思って、「しょうがないねえ」と息子に言ったら、「あれも千の風になるの？」って聞くんです。つまりわが家では「千の風」はもう普通名詞なんです。

新井　普通名詞！

俵　これだけ共感の輪が広がっていったのは、この歌に日本人の死生観を変えていく何かがあったのだと思いますね。

新井　これまで死ぬということは、暗く狭い所に監禁されてしまう感じでした。それが「死ぬことは風に生まれ変わることなんだ」と言われると、自由自在に大空を吹きわたっていて、気持ちよさそうですよね。

俵　解放のイメージがあります。

新井　死ぬと、大切な人がすごく遠くへ行ってしまうように考えていたけれど、風に生まれ変わって、あなたのすぐそばを吹いているとなると、すごくほっとしたという手紙をいただきました。

俵　つい最近亡くなった叔父は、わたしの息子をとてもかわいがってくれた人でした。息子に「おじちゃんは千の風になったのよ」と言うと「どの風がおじちゃんの風？」と聞くんです。子どもは具体的なものを求めるんですね。でも自分の心がこれだと感じたら、それがおじちゃんの風なのだということを息子に伝えたくて作ったのが、六首目の歌なんです。

新井　「いのちとは心が感じるものだからいつでも会えるあなたに会える」。心にしみるなあ。

千年も前から

俵　「千の風になって」は、奥さんを亡くした友人のために作ったというのもいいですね。

新井　新潟の幼友達でね。テニス仲間でもあった。その奥さんが亡くなったら、慰める言葉もないですよ。せめて歌を作って、思いを伝えたいと考えましてね。

俵　短歌もそうですが、一人の人のことを思う気持ちが、ほかの人が大切な人を思う気持ちと重なっていくんです。

新井　でも「千の風になって」については原詩を書いた人が偉いと思いますよ。ネーティブアメリカンの女性ではないかといわれていますが…。

俵　いや、謙遜《けんそん》されていますが、やはり訳者の力は大きいです。曲もレコード大賞作曲賞だし。

新井　少しだけ創作の秘密をいいますと、原詩には「ｗｉｎｄ」（風）という言葉は一度しか出てきません。タイトルもない。それを新井が強引に「風」の歌にしたということはありますね。

俵　万葉集に「君待つと我が恋ひ居《を》れば我が宿の簾《すだれ》動かし秋の風吹く」という額田王《ぬかたのおおきみ》の歌があります。大好きな人を待っているから秋風にも心が反応するという歌。日本人は千年以上も前から風に心を寄せてきたんですね。

新井　そう。日本人は風が大好きな民族。定家の「み渡せば花ももみぢもなかりけり浦の苫屋の秋の夕ぐれ」も風という言葉はないが、明らかに秋風が吹いている歌です。

俵　そうですね。

新井　それに俵さんにも風の名前がついた本がたくさんある。

俵　ええ。第二歌集は『かぜのてのひら』ですし…。その歌集のあとがきに、目には見えないけれど心に見えたものを言葉にするのが歌だと思うと書きました。

新井　心に見えたものを言葉にするというのは、文学の王道ですね。

俵　五首目の「散るという飛翔のかたち花びらはふと微笑《ほほえ》んで枝を離れる」が『かぜのてのひら』からなんです。これは「千の風」に通じるところがあると思って選びました。花が散るというのは終わりじゃないし、悲しいことじゃない。その次に種ができて再生するわけですから。

21世紀の子守歌

新井　まさに「千の風になって」は再生の歌。死者はあかちゃんとなって再生するんです。そこで僕が俵さんに贈る新曲は、生まれたばかりのあかちゃんのための子守歌です。歌詞は俵さんの歌集『プーさんの鼻』からすべて選びました。選んだ短歌は次の四つです。

舟になろういや波になろう海になろう腕にこの子を揺らし眠らし

耳の穴こしょこしょ指で掻いてやる猿の母さんのような気持ちで

バンザイの姿勢で眠りいる吾子《あこ》よ　そうだバンザイ生まれてバンザイ

生きるとは手をのばすこと幼子《おさなご》の指がプーさんの鼻をつかめり

以上の四首をリフレインにしたところはあるけれど、元の歌はまったく変えていません。タイトルは「プーさんの鼻のララバイ」。二十一世紀の子守歌です。

全肯定の短歌

俵　すごいです。自分の歌が子守歌になるとは思わなかった。

新井　「バンザイの姿勢で眠りいる吾子《あこ》よ　そうだバンザイ生まれてバンザ

イ」。俵さんが「いのちの歌」の一首目に挙げている歌が『プーさんの鼻』の中にあったので、これができました。なんのてらいもない生まれてきたいのち全肯定の短歌です。僕の母親は助産婦でしたが、助産婦さんの団体がテーマソングにしてもよい歌かも。

俵　全肯定の短歌というのはすごく難しいんです。自分の中でも数少ない全肯定の歌を歌詞に選んでもらってうれしい。

眠らない子

新井　確かにあかちゃんはバンザイの姿勢で眠る。自分で誕生をことほぐように。どんなあかちゃんも誕生を祝福されるべきです。そこを素直に歌っていて素晴らしい。聴いてみてどうですか？

俵　何か、懐かしい気持ちになります。息子は本当に眠らない子で大変でしたから。

新井　あはは（笑い）。

俵　母親になって分かりましたが、子守歌って〝寝ろ寝ろ寝ろ〟という歌ばかりなんです。しかも寝る子は善で、寝ない子は悪みたいな…。

新井　お母さんには切実な問題ですね。

俵　歌集の中に眠りにかかわる歌がこれだけあるということは、つい歌に本音が出ているということですね。

誕生の泣き声

新井　再生の話に戻りますと、『般若心経』を自由訳したんですけれど、最

後に「ぎゃあてい　ぎゃあてい」という言葉が出てくるでしょう。

俵　はい。

新井　これは呪文《じゅもん》なので特別な意味がないといわれてますが、僕はあかちゃんの「おぎゃあ　おぎゃあ」だと思う。絶対そう信じているんです。死者があかちゃんとして再生する誕生の泣き声です。僕はそこを「おお、生まれ変わった／ばんざい、ばんざい、ばんざい」と訳しました。俵さんの歌とまったく同じ。「ばんざい」が三回出てくるところまで。

俵　ほんとだ。一緒！

新井　だから「プーさんの鼻のララバイ」は「千の風になって」と対になる再生の歌なんです。

俵　出産することで社会と切り離されてしまうので、子どもを産んだばかりのお母さんはすごい幸福感とすごい孤独感とが同時にあるんです。

この子守歌は聴いていると、とても優しい気持ちになってくる。きっと子どもにも、お母さんにも優しい眠りを与えてくれると思います。

新井　眠りは保証しましょう。だって僕も歌いながら、つい眠ってしまった。（笑い）

『千の風になって』（写真詩集／CDブック）は講談社刊
『プーさんの鼻』は文藝春秋刊
［俵万智作詞、新井満作曲・歌唱の「プーさんの鼻のララバイ」は47NEWS（よんななニュース）のインターネットホームページ（http://www.47news.jp/）で二〇〇八年一月に発表された］

いのちの歌

俵万智

バンザイの姿勢で眠りいる吾子《あこ》よ
そうだバンザイ生まれてバンザイ

青空へ吸い込まれゆく風船を
千の風だと子が追いかける

お墓なんていらないわよと言いながら
孫の靴下たためり母は

ＣＤなど買ったことなき八十《はちじゅう》歳の父が
ひねもす聴く千の風

散るという飛翔のかたち
花びらはふと微笑《ほほえ》んで枝を離れる

いのちとは心が感じるものだから
いつでも会えるあなたに会える

赤ちゃん本の出生届

新井　満

共同通信社の編集委員であり、文芸評論家でもある小山鉄郎さんが、ある日やってきてこんなことを言う。

「マンさん、俵万智さんと対談してくれませんか…」

俵さんとは旧知の間柄である。私は喜んで引き受けることにした。ところが小山さんには、ひそかなたくらみがあったのだ。「もし俵さんの短歌に、マンさんがメロディーを付けて歌ったら、きっと面白い歌ができるでしょうねえ…」。その歌をサカナに対談させようという編集企画なのだ。私は三カ月かけて、俵さんの全歌集を何度となく読み返し、その中から四首だけを選んで曲を付けた。それが、新曲「プーさんの鼻のララバイ」である。

作曲する際、私は自分自身に二つの条件を課した。①俵さんの原文をできる限りそのまま生かすこと。即ち、言葉を部分的に抜き取ったり、新しい語句を付け加えたりしないこと。②ただし、感嘆から生じるルフランだけは容認することにした。例えば「生まれてバンザイ」の所では、「生まれて」を二回繰り返している。

俵さんと私の対談記事は、二〇〇八年の正月、全国の新聞に掲載された。同時に二人の合作である新曲は〝47NEWS〟のインターネットホームページで配信された。これまで活字しか配信してこなかった新聞社が、初めて音楽も配信したわけである。これが評判となって、このたびの出版となった。担当は共同通信社の浦野正明さん。表紙写真を見ると、お母さんペンギンのお腹の下から、赤ちゃんペンギンが顔を出して「今日は！」をしている。この写真をはじめ本文写真のすべてを選び、ブックデザインをしてくれたのは坂川栄治さんと田中久子さんのお二人。皆さん、どうもありがとう。

本書は、たった今誕生したばかりの赤ちゃん本である。本書を眺めながら、産みの親としては、ただひたすら祈ることにしよう。

〈偉くならなくてもいいからね。せいぜい元気に育ってくれよな…〉

魔法にかかったように

俵　万智

赤ちゃんは、眠くなれば勝手に寝るのだとばかり思っていた。眠くなったら寝る…大人から見ればうらやましい限りなのだが、実際は、そうではなくて、眠くなるとなぜか赤ちゃんは「眠い気持ち」に抵抗するようだ。なんとか眠るまいとして、泣いたりぐずったりする。

我が腕に溺れるようにもがきおり寝かすとは子を沈めることか

「子守歌」というのは、眠りに抵抗する気持ちを、そらす手段だったのだなあと、息子を寝かせながら実感している。メロディーを耳で追っているうちに油断して、ふっと騙されたように眠りに落ちるのだ。

今回新井満さんが、私の歌集『プーさんの鼻』を読んで「ララバイ」を感じ、そして本当のララバイにしてくださった。歌集には、息子が二歳になるまでの短歌が収められている。確かにこの時期は、一日のほとんどを「ねむれ〜ねむれ〜」と思いながら過ごしていたような気がする。息子は、人一倍寝つきの悪い赤ちゃんだった。

「プーさんの鼻のララバイ」、ここのところ毎晩のように歌っているのだが、なんだか魔法にかかったように、子どもがぱたっと眠る。大げさでなく、ほんとうに眠くなる子守歌のようだ。メロディーにどんな仕掛けがあるのかわからないけれど、実用品として、これはかなりいいセンいっているのではないか、と思う。

歌詞の短歌は、新井さんが、ひときわ優しい、ゆったりした気分のものを選んでくださった。歌っていると、これらの短歌を詠んだときの気持ちが蘇ってきて、なんだか泣きそうになる。

赤ちゃんが勝手に寝ないことに気づいたお母さん、このララバイを口ずさんでみてください。そして赤ちゃんは眠り、お母さんの心に優しい気持ちが広がってくれたら…そんな幸せな光景をいま、私は心に描いている。

新井満

あらい・まん

作家、作詞作曲家、写真家、環境映像プロデューサー、長野冬季オリンピック開閉会式イメージ監督など、多方面で活躍中。1946年新潟市生まれ。小説家としては1988年『尋ね人の時間』で芥川賞を受賞。2003年11月に発表した写真詩集『千の風になって』(講談社)と、それに曲を付け自ら歌唱したCD『千の風になって』(ポニーキャニオン)は現在もロングセラーを続けている。同曲によって2007年レコード大賞作曲賞を受賞。日本ペンクラブ常務理事として、平和と環境問題を担当。著書多数。

公式サイト　マンダーランド通信：http://www.twin.ne.jp/~m_nacht/

俵万智

たわら・まち

1962年大阪府生まれ。歌人。1987年刊の歌集『サラダ記念日』が250万部のベストセラーになり、現代歌人協会賞受賞。2003年に長男を出産。子育ての日々を歌った歌集『プーさんの鼻』を2006年に刊行、同歌集で若山牧水賞を受賞した。他の歌集に『かぜのてのひら』『チョコレート革命』など。エッセイ・評論に紫式部文学賞を受賞した『愛する源氏物語』や『恋する伊勢物語』『短歌をよむ』『よつ葉のエッセイ』『かすみ草のおねえさん』など。さらに初の小説『トリアングル』が映画化されるなど幅広く活躍。日本ペンクラブでは、平和委員会の新井満委員長のもとで副委員長をつとめた。

公式サイト　俵万智のチョコレートBOX：http://www.gtpweb.net/twr/

CDブック
プーさんの鼻のラライバイ

2008年4月28日　第1刷発行

著　者
新井 満／俵 万智

企　画
小山鉄郎

発行人
中西 享

発行所
株式会社共同通信社
〒105-7208　東京都港区東新橋1-7-1汐留メディアタワー
電話・営業(03)6252-6021
編集(03)6252-6016
郵便振替00160-7-671

印刷所
大日本印刷株式会社

ISBN978-4-7641-0592-8 C0093